너의 그리움이 되어

박효신

박효신 시인은 인향문단에 시를 발표하며 등단하였습니다. 인향문단 잡지에
초대시인으로 참여하였으며 인향문단 시화집 1집, 2집, 3집, 4집에도
참여하였습니다. 현재 인향문단 편집위원이며 인향문단 자문위원입니다.
마운틴 TV 시공간 명예의 전당에서 대상을 수상하였고 [시를 꿈꾸다 3집 동인지],
[한줄의 꿈 2- 캘리 동인지]에 참여하는 등 왕성한 시작활동을 하고 있습니다.
첫 창작시집인 [나의 세상]을 발간하고 두번째 시집 [내눈에 네가 들어와]를
발간하였습니다. 이제 세번째 시집 [너의 그리움이 되어]를 발간합니다.

박효신 제 3 창작시집
너의 그리움이 되어

초판1쇄 인쇄 | 2021년 11월 15일
초판1쇄 발행 | 2021년 11월 15일
펴낸곳 | 도서출판 그림책
지은이 | 박효신
주 소 | 경기도 수원시 영통구 이의동 웰빙타운로 70
전 화 | 070-4105-8439
E - mail | khbang21@naver.com
표지디자인 | 토마토

박효신 제 3 창작시집

너의 그리움이 되어

박효신 제 3 창작시집
[너의 그리움이 되어] 를 펴내며

하늘에서 툭 또르르 빗물이 흐르면
슬픔의 눈물이라 생각했다
그런 빗물이
지금은 사랑의 멜로디 소리로 귓가에 맴돈다

앙상한 나뭇가지 바람에
흔들리면 눈물이 솟구쳐 흘렀다
그런 나무와 바람이 이젠
아 너희들도 사랑에 빠져
탱고 춤을 추며 행복해 하는구나
하는 생각을 한다

하늘에 구름 정처 없이 떠돌면
쓸쓸해 보여 안타까워다
지금은
그런 구름이 자유로이 여행하고 있구나
하늘의 구름이 유난히
예뻐 보인다

하늘과 바다는 평생을 만나지 못하고
하늘이 후하고 불면
바다는 광풍의 울부짖음으로 늘
애처로워는 데 이젠 그런 하늘과 바다는ㅇ
평화롭게 보인다

하늘이 파란 얼굴로 배시시 웃으면
바다도 파란 얼굴로 배시시 웃고
하늘이 후하고 불면
바다도 하얀 미소로 넘실대며
웃음꽃 피운다

서로가 평생을 만나지 못해도
늘 함께 바라만 볼 수 있어도
감사하는 마음으로 삶 자체를
행복해한다

연못

흥분된 몸부림도 없어라
광포한 포효도 없어라
너는 달을 품고
너는 해를 품고
알지 못할 세월을 품는다

박효신 제 3 창작시집
너의 그리움이 되어

박효신 제 3 창작시집

너의 그리움이 되어

너의 그리움이 되어

한 줌의 구름은 비가 되어
메마른 세상을 적시고

한 줌의 향기는 꽃이 되어
삭막한 세상에 스미고

한 줌의 물은 강이 되어
슬픈 세상에 흐르고

한 줌의 내 눈물은
너의 사랑이 되고

한 줌의 나는
너의 그리움이 되어

나를 적시고
너를 적시고

꽃비

난 보랏빛 꽃으로 피어
아름다운 꽃비가 되어
너에게
보랏빛 향기 전하련다

향기를 만질 수 없으니
넌
꽃잎을 만지며
사랑을 느끼겠지

자작나무 숲

하얀 눈이 덮인 자작나무
숲으로 사랑하는 사람과
손잡고 오세요

행여 누가 그리우면 하얀 눈이
덮인 자작나무 숲으로 오세요

그곳엔 환희에 찬
아름다운 숲이 있답니다

숲속엔 눈 요정이 포근한
입김으로 행복을 준답니다

자작나무 숲은 우리에게 희망과
생명을 불어 넣어주는
살아서
숨 쉬는 예쁜 숲이랍니다

이별

시시때때로
가슴이 콕콕 찌른다
아파서 아무것도
할 수가 없다

저 하늘은 구름과
동행하고

구름은 바람과
동행하고

검은 밤 반짝이는 별은
달과 동행하는데

이 몹쓸 마음은 어디에 머물지
못하고 허공에 맴돈다

하루에도 수십 번도 더
그리움으로 향하는 마음

가눌 길 없어 허공에 대고
불러 보지만
돌아오는 건 한숨뿐이다

아름다운 이별인 줄 알았는데
아픈 이별이다

거역할 수 없는 섭리로
받아들이자 하면서도
너무나 가혹한 이별이라
진한 한숨만 토해낸다

[마운틴 티비 대상 당선작]

사랑

사랑은 위대함이다

떠나가고 없는
사랑일지라도

사랑은 고귀하고
아름다운 것

사랑은 너도 꽃
나도 꽃피운다

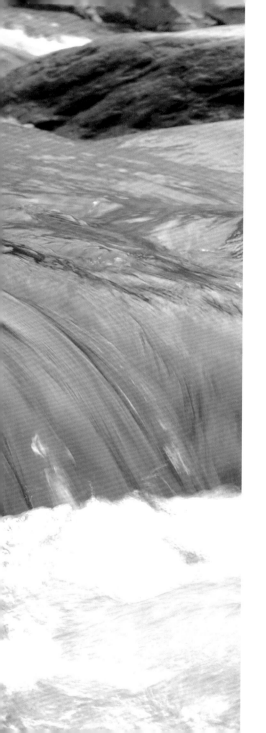

은은한 향기

은은하게 반짝이고 싶다
은빛 여울처럼
태양과 사랑을 속삭이고
바람과 춤을 추며

한세상 지나도 반짝 빛나는
은빛 여울처럼 은은한 향기로
남고 싶다

인화, 꽃이 피다

고목이 된 나무에 꽃이 피다
담장 아래 붉은 장미
제 아무리 예쁘다 할지라도
사람 꽃보다 예쁘진 않다

향이 천리 간다는 천리향
제 아무리 향이 그윽하다 할지라도
그윽하게 풍겨오는
당신의 인향이
내게
스미는 것만 할까

이 세상에 제 아무리 예쁜 꽃도
바람에 햇살에 그을러
볼 품 없지만
사람 꽃은
굴곡진 모진 세월에
오래 묵은 와인처럼
깊은 맛으로 익어간다

비록 고목이 되어 가지만
꽃보다 더 예쁘게 활짝 피어
인생도 삶도 예쁘게 익어가는
인화, 꽃이 피다

나무의 꿈

나무에도 꿈은 있으리라
나무의 꿈은 무엇일까?

하얀 눈 내리는
벌판에 혼자 우뚝
서 있어도
외롭지 않으리라

혹독한 겨울이 지나고
봄이 오면 연초록 옷 예쁘게 입고
폼 내고 있을 때

대지엔 이름 모를 풀 여기저기
쏘옥 올라와 지평선을 이루고

알록달록 예쁜 꽃들이 만발하여
홀로 서 있는 나무한테 애교 부린다

벌과 나비
이름 모를 온갖 새들 날아와
사랑의 구애를 한다

이슬비처럼

만약에
사랑을 한다면?

사랑 뒤엔 이별이
숨어있어요
이별은 너무 아파요

소낙비처럼 사랑하다
설단 현상 일어나면
너무 아파요

이슬비처럼
하는 듯 안 하는 듯
사랑할래요

만약에
이별한다면
눈물이
마음을 지배하지
못하도록요?

바보

슬픔이 지나면
성숙할 줄 알았다

하지만
그 슬픔을
또 다시
잉태하고 키운다

그렇게 사랑하였습니다

그렇게 사랑하였습니다

내 고운 살결을 깎아
한땀한땀 엮어
고운 비단길 만들어 드리오
가시는 길 고이 밟고
가시 오소서

내 고운 살결 깎아서
한 점 한 점 엮어서
고운 비단 이불 만들어
이녁의 뜨거운 심장
덮어 주리오

이녁을
그렇게 사랑하였습니다

민들레

예쁜 민들레야
넌 이렇게 예쁜 얼굴로
강가든 들녘이든

우리 집 앞마당이든
쓰레기장이든
활짝 피어

지나가는 길손에게 언제나
기쁨을 주고 예쁨을 받지

민들레야
내가 후하고 불면
너무 멀리 가지 말고
내가 볼 수 있도록 여기에
머물러 꽃을 피우려무나

별이 흐르는 밤에

어두운 밤하늘엔 별이 흐르고
눈도 없는 겨울 들판엔
황량함이 흐르고

늦은 밤거리엔 썰렁함이 흐르고
당신과 나 사이엔 침묵이 흐르고

까맣게 타들어가는 내 맘은 결국
눈물이 되어 흐른다

흐르는 것에는 외로움이 있고
황량함이 있고 썰렁함이 있고
침묵이 있고 그 끝에는 눈물이 있다

별 하나 나 하나 별이 외로이 흐르는
밤엔 더욱 더 진한 눈물이 있다

그리움 한 조각

내 심장을 베개 삼아 베고
길게 누워 있는 그리움 한 조각

심장이 아프단다
가슴이 아프단다
마음이 아프단다

그만 머물고
저 밤하늘 그리움 찾는
미색 달 위에 걸터 앉아
여행을 즐기려무나

까만 밤 미색 달
외로워 외로워서

그리움 한 조각 찾아 떠도니
같이 동행해 주려무나

그리움 한 조각
내 심장에 너무 오랜 세월
머물러 있어

심장이 짓눌려 너무 아프단다
가슴이 너무 아프단다
마음이 너무 아프단다

까만 밤하늘을 보려무나
외로운 미색 달에게
그리움 한 조각
너를 보내련다

온도차

날이 차가워 손발이 시린 건 견딜 수 있다
네가 차가워 가슴이 시린 건
얼마나 더 견뎌야 따스함이 채워질까

나는 차가움이 싫다
네가 싫다

아니다
그저 싫어해야 한다는 그 사실이 싫다
금방 지나가겠지

곧 따스함이 찾아오겠지
가슴을 다독이며 기다려본다

겨울 감성

이렇게 식어버릴 줄 알았다면
처음부터 아이스로 할 걸

나를 녹여 주리라 기대했던
따스함
한순간에 식어 버려

아무 맛도 향기도 나지 않는다
이내 다 마시지 못하고
자리에서 일어나야 했다

너를 두고 나 혼자

비님

비님은 피곤하지도
않나 봐

밤새도록 저 높은 하늘에서
뛰어내린다

우리 집 지붕 위로 따다닥따다닥
뛰어내린다

아파도, 아파도 뛰어내리는 비님

비님은 아파서 온몸에 피멍이
들었을 거야

혼자

혼술 한잔 입에 툭 털어 넣고
혼밥 혼자 한 수저 입에 넣고
오물오물 먹는데
혼잠 혼자 새근새근 잠자는데
혼여 혼자 여행도 잘하는데

사랑은 혼자 왜 안 될까
사랑은 한 여름 소낙비와 같다

꽃님

여보시오 꽃?
꽃님
이러지 마시오
세월이 얼만데
이젠
질 때도 되지 않았소
그래야
꽃이 피고 지고
다음
계절에 또 싹 틔워
꽃이 필게 아니겠소
이젠
그만 안녕 하이소?

사르랑

사르랑 사르랑
축 늘어진 가녀린 그대 머리에
하얀 꽃이 피었군요

하얀 꽃이 빛나도록
어여쁜 까닭은 사르랑 하기
때문일까요

시르랑 시르랑
사르랑합니다

나를 닮은 하얀 목련

하얀 목련 나를 닮아
예쁘다던 그대 목소리
오늘은 유난히 그립습니다

그 한마디 남기고
홀연히 떠난 그대
지우지도 못하고
그리운 건 미련 때문인가 봅니다

아직 내 심장에 그대 잠자고
있으니 말입니다

평생 만날 수 없는
비련의 운명 일지라도
그대의 행복과 행운을
축복하는 마음가짐으로
하얀 목련처럼
순백으로 살겠습니다

예쁜 초연

시처럼 감성 깊게
꽃처럼 예쁘게
살고 싶습니다

달처럼 포근하게
별처럼 반짝이며
살고 싶습니다

구름처럼 화사하게
햇살처럼 따뜻하게
초연하게 살고 싶습니다

사람은 홀로서기해야 된다

사람은 태어날 때부터
마른 벌판 갈 때까지 외롭다
인생은 옆에 누가 있으나 없으나 혼자이다

함께하는 부부도
배 아파 낳은 자식도
몇 십년 한 울타리에 같이 살았어도
마음이 각각이기에
부인이라는 존재
남편이라는 존재
자식이라는 존재
늘 혼자이다

서로가 서로를 사랑하며 의지하고
자식 낳고 살아도

남편이 부인이 될 수 없듯이
부인이 남편이 될 수 없는 일이다

세상에 태어나 사는 동안에는
혼자 살 수 없기에
부부, 자식, 친구, 이웃 모든 사람들과
어우러져 살고 있는 것뿐이다

이 세상 태어날 땐 부모님 몸을 빌려 태어나지만
갈 때는 혼자 가는 것이 우리의 인생이다

사람은 벌거벗은 몸으로 왔다가
갈 때는 옷 한 벌 걸치고 가는 거다
하늘이 맺어준 부부도 자식도 남남도
결국은
내가 네가 될 수 없듯이
네가 내가 될 수 없기에
사람은 늘 외롭고 혼자이다

"사람은 늘 홀로서기 해야 된다"

연분홍 사랑

한 점 부끄럼 없이
하늘을 향하여 방긋 웃는
연분홍 사랑

가슴 벅찬 연분홍 사랑이
내게 다가왔다

나만을 사랑한다고
소곤소곤 속삭인다

인생의 삶

누구나
외로움 그리움 없는 사람 없습니다

외로움도 그리움도
내 삶에 일부분이다 생각하고
즐길 줄 알아야
진정 삶이라 할 겁니다

매일 꽃길만 걸을 순 없습니다
때론 가시밭길도 걸어야 합니다

그때그때 지탱할 수 있는
외로움 그리움

즐기며 인내하며 사는 게
인생의 삶이라 생각합니다

일기

한 번 더는 없는 인생
감사와 기쁨으로 후회 없이

그렇게 살면 얼마나 좋을까
살다 보면 후회투성이랍니다

살면서 치유하고
모자란 건 채우고
넘치는 건 이웃에게
조금씩 나누어 주고

그렇게 살으니 그냥저냥 여기까지
살아온 거 같은데
살다 보니
잘못한 것도 너무 많아
후회하면서 거듭나고 있습니다

감사하는 마음으로 살지만
미안한 마음이 더 많습니다

이 세상에 다 하는 날까지
사랑으로 배려하고 예의지키며
후회 없는 인생이기를
노력하며 살겠습니다

첫눈

잿빛 하늘문이 열려
천사들이 하늘에서
무리 지어 내려오고 있다

하얀 면사포 머리에 쓰고
하얀 날개옷 입고
춤을 추듯 내 마음속으로
살며시 스며든다

따뜻하고 포근한 첫눈
내 얼굴에 하얀 웃음꽃
피운다

설날

오늘은 인간 세상 설이라는 날이다
오늘만큼은 풍부하고 마음까지 넉넉하여
서로가 안부 묻고
음식도 나눠먹는다

한꺼번에 쏟아지는 선물
베란다 창고에 꼭꼭 찬다

이 많은 걸 언제 다 먹누 신경 쓴다
둘째 딸 엄마 두구 두구 먹으란다
두고 먹는 것도 어느 정도지
너무 많아 이웃집에 명신네
영숙 형님네 옆집 형님네
소리네 쭉 돌아가며 나눕니다

우리 신랑 또 시작아구먼
퍼다 나르는 게 전문이라고 한마디 한다

흙내음 바람의 향기

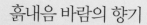

산속의
신선한 공기
흙내음
바람의 향기
마음속으로 파고든다

까만 새벽에
고즈넉한 산사에
바람의 살랑임에
흔들리는 풍경 소리

너무 맑고 고와서
마음 한 편에
심금이 울려 퍼진다

이름 모를 산새들
지저귀는 소리
자기들만의 언어로 인사를 한다

바람의 향기
나의 심장에 머물러
떠날 줄 모르는데
어느새 날이 밝아
동녘 하늘엔
붉은 여명이 피어오른다

하늘에 닿은 바다

하늘에 닿은 바다

하늘에 닿은 바다 끝 좀 보시구려
너무나 청명하고 아름다워
눈이 부서 쳐다 볼 수가 없습니다

바람에 밀려오는
하얀 눈물

바람의 맑은 눈물에
그리움, 미움, 시기, 집착

모두 던져 버리고
저 넓은 푸른 공간에
어우러저 함께
있음을 기억하겠습니다

그리고
안개 속에 갇혀 있는 영혼
맑은 햇살 마중하렵니다

누가

누가 날 보거들랑
어디서 왔냐고 묻지를 마오

꽃잎의 향기 내 몸에 담아
바람 타고 온 걸
누가?
본다면 넌 어디 가니!
묻지를 마시구려

이 몸은 발길 닿는 대로
가는 것이 아니려니

그리움 향기가 배여있는
저 바람에 몸을 실어

자유로이 여행하는 하늘의
신선 따라
가노라고 말하고 싶구려

초연 생각

지옥이든 천당이든
다 이곳에 있습니다
나 행복하면 천당이고
나 불행하면 지옥입니다

아니 그렇소

그럼에도 불구하고 만약에 신이 있다면
신이 내게 소원을 묻는다면?
더도 말고 덜도 말고 주워진 삶에
후회 없는 삶 지금처럼만 살게 해주소서

이것이 소원입니다

계절

이 길을 걸을 때마다 새롭다
계절 따라 옷차림도 달라지고
바람의 소리도 달라지고
어여쁜 꽃들도 달라진다

가을이라 쓸쓸한 이 길이 더 외로워 보인다
바람이 심심하다고 놀러 오면 나뭇잎 바람과 손을 맞잡고
탱고를 추며 바람과 함께 여행을 떠난다

땅 아래 엎드려 살며시 고개 들고 있는
메리골드 가을 여인 춥지도 않은가 봐
함박웃음 짓고
지나가는 행인에게 행복을 전한다

가을 향기

해맑은 미소
얼굴에 함박꽃
활짝 펴

어디로 흘러 흘러
가야 할지 모르겠네

찬바람 일렁이는
이른 새벽이슬 머금고

그대의
웃음 향기가 뇌리에
스쳐 지나가네

내 마음속의 마음

내가 가고 싶은 그곳엔
아마도 사랑이란
이름이 없을 거야

사랑이란 이름이 없기에
이별이란 이름이 없기에
아픔도 없을 거야

그곳은 따스함만 있는 곳
그곳은 오직 평온만 있는 곳

그곳은 오직 나만 있는 곳
숨을 쉬며 살아서 춤을 추는 곳
내 마음속의 마음

집으로 오는 길

이른 아침 집으로
오는 길에
항상 하늘을 쳐다본다

하늘이, 하늘이
오늘은 어떤 그림을 선물했을까
집 앞에서 바라보는 가을 하늘은
참 예쁘다

가을 들녘은
입과 몸은 풍요롭게 하지만
가을 하늘은 마음을
풍요롭게 한다

요즘은 해가 짧은 탓에
예쁜 하늘
그림을 보기는 어렵지만
그래도
하늘은 여전히 신비스럽다

건물에 가려진 하늘
예쁘진 않지만 이곳에도
붉은 여명은 피어오른다

생각 주머니

때때로 지우개로
모두 지우고 싶다

지우개로 모두 지우고
깊은 잠에 빠진다

어느 순간에 사르르
눈을 뜨면

지우개로 지워버린
생각 주머니가
다시 새록새록
되살아난다

인생

해 맑은 순수한
아이들 커가면서
공부에 찌들고

어른이 되면서
세파에 찌들고
성숙해지면서
맛깔스럽게
발효 잘 된
된장 마냥

인생도 어느덧 무르익어
황혼에 젖어든다

태양이시여

찬란한 태양이시여
온몸을 당신의 빛으로
빛나게 해주소서

그리움 마음
미운 마음
모두 당신의 빛으로
지워주소서

예쁜 마음
고운 마음
사랑 담아

당신의 찬란한 빛으로
모든 이들을 볼 수 있게 하소서

당신의 찬란한 빛으로
꿈속의 주인공처럼
꿈을 이룰 수 있는
자유를 내려 주소서

저 푸른 하늘을
비상할 수 있도록……

안개 요정

안개 어깨에
날개가 있다

회색 드레스 입고
바람과 춤을 추면

춤사위로 해님이
마중 나오네

회색 안개는 요정이 되어
예쁜 꽃 속에
살포시 내려앉는다

가을 소리

가을 소리가 들려요
귀를 기울여 보세요

저 높은 하늘도
저 높은 평야도

가을이 오는 소리가 들려요

내 마음에도 가을 와
귀뚜라미 울고 있어요

아, 가을이여
조금 쉬었다 오이소서

파란 마음

하늘은 누굴 닮아
파란 얼굴일까요

하늘은
넓은 마음
파란 바다 닮아

파란 얼굴로 찡긋
웃고 있지요

늘 홀로서기 해야 됩니다

혼자서 밥도 잘 먹고
혼자서 여행도 잘하고
혼자서 잠도 잘 잘 수 있는데

딱 한 가지 혼자 안 되는 거
사랑이란 게 있습니다

처음엔 사랑은 둘이 하는 걸로만 알았는데
마음을 내려놓으니
혼자 하는 사랑이 눈에 보입니다

혼자 하는 사랑은 이별이 없기 때문에
불안하지도 않고
혼자 하는 사랑은 기다림이 없기 때문에
외롭지도 않고

혼자 하는 사랑은 질투가 없기에
늘 설렘입니다

마음을 내려놓으니 기쁨이요
모든 게 환하게 보입니다

그래서
사람은 늘 홀로서기 해야 됩니다

무제

으앙, 누구나 두 주먹 쥐고 태어난다
갈 때는 빈손으로
옷 한 벌 걸치고 간다

긴긴 세월 걸어온 그 길
분신처럼 발자국 남기고
누굴 사랑했었고
누굴 그리워했다

세월이 흘러가면 잊을 줄 알았는데
세월이 머나먼 계절로 흘러갔는데
지금까지 그 사랑이 그립고
잊을 수가 없다

목 놓아 울어도 소용없고
그 사랑이 아쉬워
詩로 쓰는 사랑이
연가가 되어 남아있겠지

별빛에 물든 밤

산산이 부서진 얼굴
기억 못 한다 해도
그날을 잊지 않으리오
내가 너를 부르고
네가 나를 부르던
별빛에 물든 밤

여기 살아 있음에 사랑하세요

누군가 말을 합니다
아니 모든 사람들의 바램입니다
이승에서 못다 한 인연
천상에서 만나 사랑하자고 합니다

난 그렇습니다
천상에서 만나
사랑하자 하는 말은
모두가 허세라 생각합니다

이승에서 사랑하며
살아있음에 피부로 느끼고
인고의 향 풍기며 맡아가며
사랑을 해야 진정 사랑이지

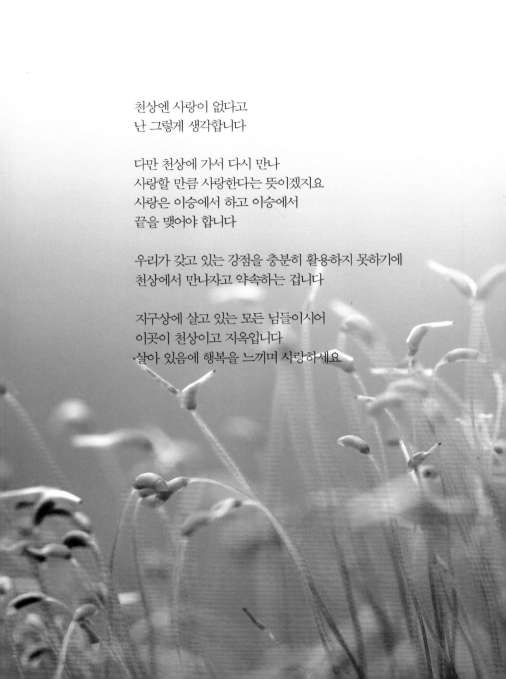

천상엔 사랑이 없다고
난 그렇게 생각합니다

다만 천상에 가서 다시 만나
사랑할 만큼 사랑한다는 뜻이겠지요
사랑은 이승에서 하고 이승에서
끝을 맺어야 합니다

우리가 갖고 있는 강점을 충분히 활용하지 못하기에
천상에서 만나자고 약속하는 겁니다

지구상에 살고 있는 모든 님들이시어
이곳이 천상이고 지옥입니다
살아 있음에 행복을 느끼며 사랑하세요

달빛 아래서

오늘 저녁 저 달이
참 곱다

누군가도 저 달을
보고 있겠지

데이트

어둠이 짙어지는 호수
풀벌레 힘차게
노래 부르는데

청둥오리 춤을 추며
꼬리를 흔들고
검은 하늘엔 하얀 달빛
연못에 비추니

홍조 띤
얼굴로 무르익은 중년 부부

벤치에 다정히 앉아
사랑을 속삭인다

옹달샘

옹달샘은 내 얼굴도 담네

구름이여
별님이여
달님이여
해님이여

모두 담는 옹달샘
내 마음은 담지 못하고

어디로 이름 없는 곳으로
멀리멀리 흘러가네

옹달샘아 내 마음도
너의 마음에 가둬 두려무나

자연의 소리

청아한 하늘 좀 보세요
아름다운 자연의 소리가
여기까지 들려요

초록 들녘에 귀를 기울여 봐요

풀잎의 꽃잎 소리가
너무 작아요

풀잎의 꽃잎 소리가
너무 작아서
눈으로 듣고
눈으로 말해야 해요

아름다운 자연 내음이
어느새
코끝에 살포시 내려앉아
유혹하고 있어요

'사랑해' 속삭이고 있어요

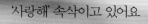

하루와 대화

어제는 과거
오늘은 현실

오늘이 더 소중하다고
모두들 말한다

오늘이 소중하다고
어제를 모두
잃어버릴 수 있단 말인가

오늘도 소중하지만
어제도 소중한 하루다

하루야
나는 말이다
어제뿐만 아니라
오래된 하루도
잊을 수 없단다

오늘도 소중하지만
옛일도 소중한 하루이기
때문이란다

묵은 지난 하루
모두 씻어
바람에게 전해 주려 해도
그럴 수가 없단다

그래서 말인데
난 지난 하루도
지울 수가 없어
뜨거운 심장
모서리에 저장하련다

심장 모서리에 앉아 있다가
어느 날 갑자기
툭 떨어져
바람 따라갈 것을 알기에
모서리에 저장하련다

꽃잎 떨어짐에

오늘 꽃이 졌다고
서러울 것 하나 없어요

어김없이 돌아오는 봄에
다시 오는데
떨어지는 꽃잎은
왜 그리도 서러워
눈시울 젖을까요

꽃잎 떨어짐에
인생도 한 해, 한 해
저물어가니 그런 것
같아요

그녀

비가 내립니다
이른 새벽에 비가 내려도
우산을 쓰지도 못한 채
차디찬 비를 맞으며
거리를 거닐고 말았습니다

왜냐고 물으신다면
그녀는 비를 많이
사랑합니다

차디찬 비는 그녀의 영혼입니다
세차게 내리는 빗속에
사랑하는 그가
언제나 환한 미소를 띠고 있기
때문입니다

마음

마음이 여행을 떠났다

여행을 떠난 마음이 좀처럼
돌아오지 않는다

마음아!
마음아!

여행을 너무 오래 하지 말아라
너무 멀리 가지 말아라

마음아!
너무 오랜 시간 여행길에 있으면
이 한 몸 마음이 없기에
허공에 맴돌고 있단다

이 한 몸 마음이 없기에
텅 빈 가슴 어쩌란 말이냐
어쩌란 말이더냐

바람의 향기

비온 끝이라
하늘도 맑고
꽃이 되어
행복해하며
춤을 추는
바람이여

양 볼과 콧잔등은
바닷바람에 살짝 그을려
불그스레한
연지곤지 찍고
예쁘게 피어난
꽃 한송이어라

여기저기 웃음
한가득 싣고
부는 바람이여
너도 나도
바람이 된다

오솔길

밤새 지친 몸
달래려고
어두운 새벽에
홀로 산행을 한다

매일 이 오솔길
혼자서 걷는다

해가 많이 길어져
어느새 날이 밝아졌다

이곳을 거닐면
이름 모를 산새들
지저귀는 소리에
귀가 즐겁고

짙어가는 무성한
초록 숲을 보면
눈이 시원하고

그러다 보면
마음에 평온이 찾아온다

밤새 지친 심신은
가벼운 발걸음으로
이 오솔길을 걷는다

봄기운

몽글몽글
봄기운에

너도 꽃이요
나도 꽃이요

부는 바람도
하얀 뭉개구름도

모두가
꽃이랍니다

복수초

그대에게
사랑받으려고

얼음 속에서
예쁘게 피어나

사랑아
사랑아
외치는 목소리

그대 듣지 못하니
눈물 한 아름 안고 있다

고목

홀로 서 있는 외로운
몸뚱어리

흐르지 않는
강이었는데

흐르지
않는 강 한가운데 어느 날
섬이 자리를 잡고 있어다

그날 이후로 강물은 흐르고
혼자가 아닌 둘이라
외롭지 않은 강이 되었다

그리움

누구의 그리움이기에
저토록 붉게
물들어 가는가?

하얀 미소

하얀 미소
하나 둘
떨어져도
여전히 아름답다

온실 속에 화초

내 행복은
내 안에
그윽한 향기를 품는다

너와 나

짧은 시간에
너와 난 사랑했었지

그래서 꽃은
피고 지고
또 피고 지고

글은 내 마음을 읽는다

마음이 외롭다고 느낄 때
누군가가 어렴풋이 그리울 때
글로 외로움을 달래고
글로 그리움을 달랜다

글을 쓰다가 웃기도 하고
글을 쓰다가 울기도 한다
글은 내 마음을 읽고 있다

글로 마음을 다스리고
글로 사랑을 속삭인다

떠도는 구름도 휘몰아치는 바람도
예쁘게 피어
향기를 전하는 저 들꽃도

마음속으로 파고들어와 머물지도 못하고
스쳐 지나가는 그리움이더라

그러나 글은 날 떠나지 않는다
늘 한결 같이 내 곁에서 위로해 주는 글은
내 마음을 고요 속에
잠들게 한다

흑장미

하늘의 눈물 흠뻑 맞아
온몸에 알알이 박힌
하얀 진주알 눈물이
진주가 되었구나

내가 그대를 사랑하는 건

내가 그대를 사랑한 건
내가 당신 곁에 갈 수 있는 건
당신의 조용한 미소가 아름답기 때문입니다

내가 당신을 사랑하는 것은
당신과 함께 기쁨을 나누고자 하는
사랑입니다

오늘 같은 날
당신과 추억을 만들고 싶어
나는 또 당신이 보고파 전화기를 만지고 있습니다

내가 당신을 사랑하는 것은
조용한 미소로 나를 불러 주기를 바라는
마음뿐입니다

그대는 언제나 내 안에서
숨 쉬고 있으니 말입니다

그래도 세상은 내 맘대로 되는 것은 아니기에
이제 당신은 내 안에서 떠날 준비를
해야 합니다
나는 당신을 떠나보내야 할 준비를
해야 하고요

이제 저 넓은 들판에
당신을
바람에 날려 보내렵니다

꽃

스쳐 지나가는 바람

잠시
쉬어간 자리

꽃이
활짝 피어
늘 그 자리에 있다

애인

아침에 눈을 뜨면 '안녕'이라고
말할 수 있는 사람이 있어서 참 좋다

저녁에 잠자면서 '안녕 잘 자요'라고
말할 수 있는 사람이 있어서 참 좋다

안부 인사
한 마디에 하루가
늘 행복하다

같은 마음으로 같은 이야기꽃 피우며
짧은 글로 내 말에 귀 기울이며
공감해 주는 사람이 있어 참 좋다

느낌으로 행복해하며
사랑할 수 있는 사람이 있다는 게
큰 축복이고 희망이다

가슴속에 숨겨 놓고 보고 싶을 때
살짝 꺼내 볼 수 있는 사람이 있어
늘 행복에 젖어있다

인연과 진리

어느 날 그대한테 소식이 없다면
우리의 인연은 여기까지 인가보다

머리엔 생각이 너무 많아
마음의 무거운 생각
모두 내려놓고
기다리지 않으렵니다

누구나 스쳐 지나가는
인연이라 하더이다

부모 자식 간의 인연도
깊은 인연이지만
그 또한 잠깐 스쳐 지나가는
인연이라 하더이다

잠시 엄마 아버지
몸을 빌려 이 세상에
왔다는 것뿐이랍니다

그대도 나도 모두가
잠깐 스쳐 지나가는 인연이지
영원한 건 없다고 하더이다

생각지도 않던 그대가
떠난다면 우리의 인연
마음에서 모두 내려놓겠습니다

이 모두가 진리라 하더이다

가을이 또 왔나 봅니다

오늘
사랑이 아파서
웃었습니다
하늘에 비친 당신의 미소는
무슨 말을 하듯

손짓을 하듯
짙은 향기로 바람을 뿌려놓고
잔인하게 내 마음이 다 타도록
저녁노을에 불태워집니다

부둥켜안은 그리운 조각들
들판에 남겨진 잔잔한 사랑
그득히 심어놓았습니다

떠도는 노래는
아직 헤매고 있는데
추억이 있던 자리
항상 이대로 있을 거라고 말하고
묵묵히 멀리서 지키는
당신 때문에 웃습니다

또 가을이 왔나 봅니다
고독이 단풍지듯 깊어지는
이 가을

당신, 그 자리에 있겠다는 말
또 들판에 한가득 써놓은 약속
살며시 보았습니다

눈물은 혼자 흐르고
외로움은 상처처럼 벌어져도
사랑은 그렇게 가을이 되면
또 웃게 했습니다

임이시어

어이 그 먼 길을 돌아오셨소
오시지 말라 애원했건만
왜, 오셨소

임이시여
먼 길 돌아오시니
옛정 못 잊어 오셨소
아니 그렇소

임이시여!
먼 길 돌아오시니
그리워서 보고 싶어서
오신 줄 알고 착각에 빠졌소

임이시여
착각에 빠지게 하시지 말고
오시던 길 다시 돌아가소서

사랑이 왜 이리 아프오

사랑이 왜 이리 아프오
떠나가고 없는
사랑이 왜 이리 아프오

지난 팔월에 장대처럼 쏟아지는
빗속 발자국 따라간 그대여
그 사랑이 왜 이리 아프오

가을이 지나 겨울로 가고 있는데
표현도 못 하고 다가오지도 못하고
가슴에 상처를 안고 떠난 사람아
그 사랑이 왜 이리 아프오

떠나는 가을이여
겨울로 가는 길목에 서서
돌아오지 않는 그대를 그리워하며
배회를 하면 더 슬픈 가을이여

아, 그 사랑이 왜 이리 아프오

해당화 아씨

강릉 하조대
모래사장 거닐며
도란도란 담소 나누며
웃음꽃 핀다

등대 카페를 지나
해당화 아씨를 만난다

짭조름한 바닷물에 젖어
바람에 몸부림치며
원망들 모두 날려 버리고

햇살에 사랑받으며
활짝 피어
웃음 짓는 너의 얼굴

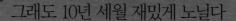

그래도 10년 세월 재밌게 노닐다

사람이 살면서 때론 서글픔이 밀려올 때
슬퍼하면 어깨가 더 작아지니 슬퍼하지 말아요

당당하게 받아들이면
자연의 이치를 이해하게 되고
가는 세월 누구나 마찬가지니라
마음을 내려놓으면 편해집니다

저 역시 앞으로
재미있게 팔 다리 멀쩡하게 살아갈 날이
'10년이구나'하는 생각을 하니
어쩌란 말인가
하는 생각이 절로 들어요

아직 하고 싶은 게 많은데
그러다가 하늘 보고 웃고
부는 바람에 울고
꽃잎 보고 웃고 떨어지는 꽃잎에
쓸쓸함을 느끼곤 하지요

나도 이젠 꼼짝없이 늙었나봐요
눈물이 마를 새 없으니 말입니다
그래도 나에게 재밌게 살 수 있는 날이
10년이나 남았으니
늘 감사하는 마음으로
순응해 가며 천천히 걸어갈래요

사랑

빨간 장미꽃에
사랑이 흐릅니다

어머니의 젖가슴에도
사랑이 흐릅니다

내 가슴에도 사랑이
흐릅니다

사랑이란 이름은
우리의 연결 고리입니다

오늘의 일기

두 딸들과의 여행
저녁에 와인 한 잔씩 하며
앞으로 어떤 삶을 원하는지
어떻게 살아갈 것인지
이런저런 이야기하다 보니
아이들 마음을 헤아리지 못하고
지나간 적이 많았다는 것을 알았다

엄마가 하지 말라고 해서 못한 게
너무 많다고 한다
두 딸 말 듣고 보니

엄마 입장에서만 말한 것 같아
미안한 생각이 든다
그러나 그땐 그게 최선이었고
자식이 잘못될까봐 말 몇 마디 한 게
아이들 가슴에 상처로 남아 있었다

난 아이들 말에 눈시울 젖고
아이들은 내 눈을 보며
'엄마 또 울어'
'다 지난 일인데 울긴 왜 울어요'
'엄마 미안해요'

이러다가 금방 하하하 함박웃음 짓고
'엄마 고맙습니다'
'이렇게 키워 주서서요'

집에 가서 아빠한테 말 안 하기
손가락 걸고 약속한다

당신과 나

바람에
살랑살랑 흔들리는
아름다운 풍경소리

저 편 너머 산 능선에
황혼으로 붉게 물들인
저녁노을

당신과 나 대청마루에 걸터앉아
구수한 된장찌개에
꽁보리밥 먹으며
얼굴 마주 보고 행복해 한 세월
어느덧 36년

수많은 세월 오고 가는 동안
모진 세월
삶의 무게에 지친
당신과 난 두 눈가에 양볼에
굴곡진 주름이
자리 잡고 있는데
저 황혼 빛은
오늘도 변함없이 붉고 아름답군요

저 붉은 황혼 빛을 바라보며
주름진 입가에
미소 한가득 차 있는
당신과 나

여보? 많이 드시구려
늙으면 뭐니 뭐니 해도
밥힘이 최고랍디다
꽁보리밥에 걸쭉한
된장찌개
몇 수저 넣어
쓱쓱 비벼 먹으며
당신과 나
서로를 위로하며
뿌듯한 밥상머리 앉아
행복에 젖는다

살다 보니

사람과 사람 사이
거리가 아닌 마음이라지만

마음은 볼 수가 없어
항상 불안합니다

마음을 볼 수가 없으니
읽을 수도 없고요

몸이 저 멀리 있고
마음이 있어도

믿음이 없으면
마음을 읽을 수가 없습니다

마음은 있으나
믿음이 없다면
사랑도 할 수 없습니다

과연 마음이 어디서부터
어디 까지고

믿음은 어디서부터
어디까지인가요

정답은 없는 것 같아요?

시어

하늘에 살랑이는 새털구름
바다에 춤추는 윤슬
산속에 살고 있는 이름 모를
벌레와 산새들

들녘에 부는 바람에
수많은 꽃잎 눈물 되어 떨어져
전설 속으로 사라지는 건만
시어가 아니다

예쁜 맘
배려 맘
희망 맘
슬픔 맘

그리움 맘
기다리는 맘
사랑하는 맘
맘 맘 맘

모두 모두가 시어가 되어
가슴에서 마음에서
살아 숨 쉰다

보고 싶은 한 사람

비가 내리면
한 사람이
보고 싶습니다

빗물 발자국 따라왔다가
빗물 발자국 따라간
사람

순리

나이 듦에 슬퍼 마오
새 생명이 탄생한다오

젊다고 의기양양하지 마오
금방 늙어진다오

사랑을 잃었다고
그 사랑을 미워하지 마오

잃으면 잃은 대로
가슴에 추억으로
간직하시구려

나비

망사보다
얇은 옷 입고
향기 찾아 날아가는
나비 한 마리

혼자라도
외롭지 않네

향기 품어
기다리는
꽃이 있기에

봄날의 왈츠

봄의 소리가 들리나요
햇살이 부서지는 소리가 들리나요

햇살이 부서지는 소리
너무 작아서
눈으로만 들을 수 있어요

새싹의 심장 뛰는 소리가 들리나요
새싹의 심장 소리 너무 작아서
느낌으로만 들을 수 있어요

오늘
봄의 왈츠가
숲속에서 울려 퍼지고

연초록 잎 톡톡 터져
싹 틔우는 소리에
귀가 간지러워요

봄이 오는 소리

들리나요?
메마른 땅에
봄비 내리는 소리

들리나요?
싹을 틔우려 몸부림치는
땅의 숨결

봄비 내리는 들판에
봄이 오고 있어요

아프답니다

우린 예쁜 꽃만 보고
꽃 속에
아픔이 숨어 있는 건
보지 못해요

연하디 연한 꽃망울

예쁘게 웃고 있는
꽃망울도
꽃을 피우기 위해
오늘 많이 아프답니다

구름과 대화하고 있어요

구름아
넌 어디에서 왔다가
어디로 가니?

바람이 부는 대로
정처 없이 흘러
여기까지 왔니?

너의 하얀 깃털에
무슨 사연을 담아
어디를 향하여 가니?

6월

6월로 가는 길은
살아 있음을 느끼게
해줍니다

초록 들녘에 각양각색으로
꽃이 피고

하늘엔 자유로이 여행하는
뭉게구름

바람은 싱그러움을
더해주는 봄과 여름
교차로에서

우리가 살아 있다는
느낌을 주는 계절입니다

6월은 그렇게 내 마음에
다가왔습니다

어떡합니까

떠난 건 기다리지 말아야 하는데
기다려지는 걸 어떡합니까

꽃잎 떨어져
마당에 뒹굴며
빗물에 찢겨
슬픔에 잠기는 걸 어떡합니까

비가 내리면
외로움에 슬퍼지는 걸 어떡합니까

까만 밤을 하얗게 태워도 태워도
그리움도 외로움도
떠나질 않는 걸 어떡합니까

오늘도 빗물에
슬픔이 밀려오는 걸 어떡합니까

눈물샘

눈물샘은
얼마나 깊을까

흐르고 흘러도
마르지 않는 눈물샘

얼마큼 더 흘려야
눈물샘이 마를까

시작도
끝도 없는 눈물샘

눈물샘은
나이도 없는가 봐

나이 듦에

등이 시려지는 계절에
당신 그리워집니다

짧은 시간에 너무 많은 것을
얻고 잃었기에
차디찬 가을비가 야속합니다

비 내리는 지금
낙엽을 밟는 소리를 들으며
걷고 있습니다
낙엽 소리에 당신의 목소리가
배어 나오기 때문입니다

당신과 제일 하고 싶었던 것 중 하나가
가을이 오면 낙엽을 밟으며
어석 소리에
추억을 담고 싶었을 뿐입니다

당신 덕분입니다

내 심장 크기보다 더 큰 사랑
내 사랑의 깊이 보다 더 깊은 사랑

당신의 그런 사랑이 있기에
내가 이 세상을 살아가는 이유랍니다

여보, 고맙습니다
감사합니다
당신 덕분입니다

이 밤도 행복을
느끼는 건
당신의 따스한 품속이
있기 때문입니다

아낌없는 사랑에
늘 감사하고 고맙습니다

이렇게 살아 있다는
느낌을 주는 것도
모두가 사랑하는
당신 덕분입니다

하얀 목련

이룰 수 없는
꿈이었기에

푸른 하늘
허공에 매달려

나를
잊지 말라고
멀리 더 멀리

온몸으로 품어낸
향을
바람결에 실어
날려 보낸다

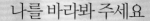

나를 바라봐 주세요

나를 바라봐 주세요

이렇게 예쁘게
활짝 피어
저 멀리에 계신 님
내게 오시라고
손 흔들고 있잖아요

내 눈에 그대 들어오듯
그대 눈에 나를 데려와
나를 바라봐 주세요

하얀 벚꽃

청명하고
고운 봄 햇살에
하얀 벚꽃
쪽빛 하늘을
향하여 손을
흔든다

하얀 양산
머리에 이고
꽃길을 걸으니

화려한 외출이
솜사탕보다
더 달콤하여라

노오란 눈망울

길옆에
예쁜 꽃 한 송이

어!
넌 노오란 눈망울로
방긋 웃으며
날 반겨 주는구나

너도 날 닮아
참 예쁘구나

저 하늘에 그리움

춤을 춰야 살 수 있는 광대
노래를 불러야 살 수 있는 광대

그리워 그리워서
애틋한 얼굴로 말한다
하늘이시여
저에게 그리움 슬픔만
안겨 주시지 말고

기쁨과 사랑으로
당신을 바라볼 수 있는
마음을 주소서
그리움 저 하늘에 계신
당신께 드리오리다

눈길을 그대와 걷고 싶다

눈이 내리는 날
그대와 함께
하얀 옷고름 같은
오솔길을
거닐고 싶습니다

두근거리는 마음을
함께 나누고
싶습니다

섬진강 햇살

햇살이 부서져야 예쁜
섬진강 줄기

소중한 사람들과 함께
한 바퀴 돌고
화엄사로 달린다

화엄사에 고운 햇살
살랑살랑 꼬리 흔들며
춤을 춘다

바람은 쌀쌀하지만
봄이 성큼 다가와
속삭인다

가을여인

시월의 오솔길
가을 햇살은 고운데

숲을 보고 있는 여인

마음도
머리도
청춘도 물들어가고
가는 세월을
잡을 수 없으니

그대도 세월도
가을을 따라 가고 있다

가을 여인이여

그대와 난 찰나였습니다

소리 없이
그대가 찾아온 그날

부푼 가슴에
설렘이 가득하다

그대가 다가와
속삭인다

그 사람은 허락도 없이
찾아왔다가
허락도 없이 떠나간다

소녀와 바람

밤새
비님이
그리움 안고

소녀의 가슴으로
파고듭니다

비님이 아니어도
소녀는 매일 밤
그리움에
사무쳐 울음을
터트리는데

온몸속의
미세 혈관까지
그리움이 자리를 잡아
눈물이 흐르고 있는데

바람은 아는지 모르는지
광풍을 일으키고
홀연히 자취를 감춰버렸습니다

태양을 사랑한 여인

사랑스러운 여인이여
햇살 고운 날
하얀 머리 나부끼며
고운 자태로 앉아
태양과 사랑을 나눈다
사랑스러운 여인이여

하늘에 태양도
뜨거운 가슴을 열어
보인다
태양을 사랑한 여인이여

네가 있어서

네가 있어
그해 겨울은 따스했다

네가 있어
싸늘한 심장이
따스해지기 시작했다

네가 있어 죽은 가슴이 살아나
콩닥콩닥 뛰기 시작했다

네가 있어 핏기 없는
얼굴에 생기가 돌았다

그해 겨울은
네가 있어서 행복했다

외로운 길

초라한 별빛만이
펼쳐져 있는
외로운 길

이른 새벽에
발길 끊어진 길

이 길을
소녀는 매일 거닐며
토닥토닥하며

안녕
외로운 길에 인사를 한다

오늘도 외로운 길
너 많이
날 반겨 주는구나?

바람이 전해줍디다

세월 흐름에 그 사람도
세월 따라갑니다

옛 정인이 기다린다는
생각도 못 하고
세월과 함께 나란히
걸어갑니다

그 사실을 미처 몰랐습니다
어떻게 알았냐고요
지나가는 바람이 전해줍디다

그 님은 무정하리만큼
뜨거운 눈물 메말라 있으니
기다리지 말라 바람이
전해줍디다

하늘이 기억하고 있습니다

그리움을 부르는 봄비가 내리고 있습니다

하늘에서 툭 또르르 봄비가
내리고 있습니다

하늘이 기억하고 있습니다

하늘은 겨울과 봄의 애틋한 이별을
기억하고 툭 또르르
비를 뿌립니다

하늘이 주르룩 눈물을 흘립니다

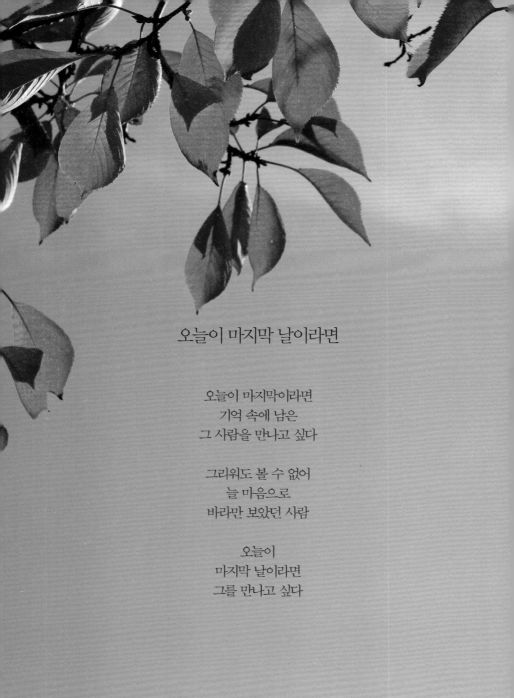

오늘이 마지막 날이라면

오늘이 마지막이라면
기억 속에 남은
그 사람을 만나고 싶다

그리워도 볼 수 없어
늘 마음으로
바라만 보았던 사람

오늘이
마지막 날이라면
그를 만나고 싶다

들풀

들풀은 연약한 이슬비에도
쓰러져 눕습니다

들풀은 하늬바람에도
쓰러져 눕습니다

그러다가
해님이 사알짝 바라보면
눈 비비고
사르르 일어납니다

들풀은
연약하게 쓰러졌다가도
아침이 되면
힘차게 일어납니다

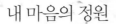

내 마음의 정원

내 마음의 정원은
늘 꽃으로 풍성하다

내 마음의 정원은
늘 초록으로 풍성하다

내 마음의 정원은
늘 기쁨으로 가득 차 있다

내 마음의 정원은
늘 충만으로 가득하다

내 마음의 정원은
늘 사랑스럽다

하얀 꽃잎

하얀 꽃잎에 새겨진
두 가슴 나란히 있다

한쪽 가슴엔
영원한 사랑을 약속하고
지켜주는 큰 나무가
버팀목이 되어 주고 있다

다른 한쪽 가슴엔
아주 여리고 소심하고
톡 치면
힘없이 쓰러질 것 같은
외로운 나무

누군가가 지켜줘야 하는 나무가
가슴 깊숙이 뿌리를 내리고 있다

백옥 같은 하얀 꽃잎은
거대한 버팀목도
여리고 소심한 나무도

두 나무를 모두 사랑하였기에
두 가슴에 품고
여름으로 가는 길목에 서서
하얀 눈물만 흘린다

동화사의 밤

동화사의 아름다운 밤
캄캄한 산사에 길게 누워있는
들마루 걸터앉아
빼곡히 둘러 서 있는 나무 사이로

달과 별이 사랑에 무르익어
거친 숨 몰아쉬며 속삭일 때
질투에 눈이 먼 구름이
바람을 일으켜 훼방을 놓는다

구름은 어슬렁어슬렁 기웃거리다가
별과 달을 삼켜 버린다

아스팔트 위

우리의 사랑을 반기며
메마른 아스팔트 위로
소낙비 뿌린다

추억의 터널을 만드는
아름다운 비를 만났다

소낙비가 뿌린다
소낙비가 뿌린다

우리의 사랑을 반기듯
소낙비 사랑의 멜로디 타고
내려온다

우린 하나가 되어
빗물 속 터널을 질주하며
두 손 꼭 잡고 끝없는 쾌락을 탐닉하는
소낙비 터널을 뚫고 빠져나온다

오월을 시작하며

오월을 시작하며
예쁜 신부로 탄생하고 싶다

난 예쁜
꽃으로 살고 싶다

나의 공간에서
나만 바라볼 수 있는
예쁜 오월의 꽃이 되어
사랑 머금고
그대만 바라볼 수 있는
사랑스러운 꽃이 되어

그대의 기쁨이
되어 주고 싶다

행복이란

살다 보니 나쁜 날보다
좋은 날이 너무 많아서
행복이 뭔지 모르고 살아왔다
그냥 그렇게 사는 것이
당연하다 생각하고
여태껏 살았다

그래도 행복이 뭐냐고 묻는다면
행복은 삶 자체가 행복이라고
말하련다

봄

내 심장 크기만큼
큰 가슴속 깊이 자리 잡고 있습니다

아픈 이 가슴
그대는 알고 있는가요

가슴속 깊이 스며드는
그대 온기 식을 줄 모르니
그대는 누구신가요

잠시 왔다가 이 내 마음에
파란 하늘빛으로 물들이고
싸늘한 바람 등에 기대어
긴 여행을 떠나는 봄인가 봅니다

노을

황혼의 노을은
지는 노을일까
피는 노을일까

참 아름답다
너무 아름다워
눈시울이 젖는다

이 한 몸 아무리
아름답다 해도
저 노을만 하리

아무런 저항 없이
노을에 물들어 간다

너도 나도
그렇게 저문다

내 마음에 창

내 마음에 창이 하나 있다
창문을 활짝 열어 본다

햇살 한줌 창문으로
살짝 들어와

그리움
설레임
기다림
망설임

햇살 한 줌이
내 마음에 가둬놓은 것들
모두 데리고 떠난다

이제 이런 것들이
다시는 내 마음속으로 파고
들어오지 않을 거야

내 마음에 창
꼭꼭 닫아 놓으련다

새야 새야

새야, 새야
예쁜 콩새야

청포도 입에 물고
가다가 내 님 만나거든
붉은 입술 적셔 주려무나

새야, 새야
예쁜 콩새야

내 님 가시는 길에
그 향기 기억할 수 있도록

희망은 삶이다

희망 없는 삶은
미래도 없다

이 책의 판매 수익금 전액은
아산시 봉사단체에 기부합니다